Han Sang-Ho

시인 한상호

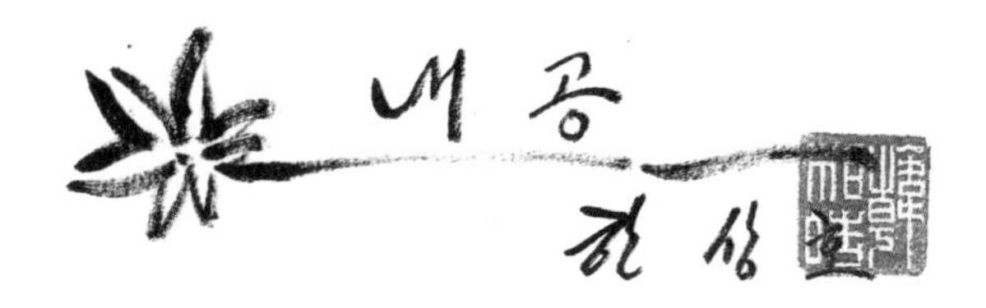

일교차가 퍽 컸었나 봅니다

주전골 단풍 골물
참 깊습니다

당신이
지금!
그렇습니다

「내공」자필 원고

단풍물들 나이에야 알았다

한상호 시집

단풍물들 나이에야 알았다

Poetics 시학

■ 서문

신석정 시인은
난초는 바위틈에서 자랐는지 그윽한 돌냄새가 난다
산에서 살던 놈이라 아무래도 산냄새가 난다
고 한다

안도현 시인은
연어, 라는 말 속에는 강물냄새가 난다
고 쓴다

넌 지금
무슨
달금한 구린 향을 풍기려하느냐
개똥밭에 구르는 게 그래도 낫다면서

2017년 12월
한상호

차 례

제2부 헛발질

제3부 쭈글스럼의 미학

제4부 왼손의 엄지들이여

제1부

단풍물들 나이에야 알았다

김미숙 : 대칭, 필 때와 질 때

내공

일교차가 퍽 컸었나봅니다

주전골* 단풍 골물
참 깊습니다

당신이
지금!
그렇습니다

* 주전골 : 양양군 오색리 남설악에 있는 계곡.

그럴 거야, 그럴 거야

1

빛나는 웨딩드레스에만 정신이 팔려
유심히 본 적 없다

한 걸음 왔다가 두 걸음 물러서는 올봄
대체 얼마나 컸을까 몽우리 살피다가
무수히 갈린 가지에 그만 덜컥
눈이 걸렸다

2

무슨 사연 이리 많을꼬

사랑에 꺾인 눈물 가지
눈물로 친 사랑 줄기
사랑니 뽑힌 흔적
떨켜 아문 자국

그럴 거야, 그럴 거야
목련도
눈물 한 방울 없이
하롱하롱 웨딩드레스
입지는 못할 거야

고향 타령

내가
고향 타령을 하는 건
순전히
속이 편치 않기 때문이다

위 더부룩할 때는
오색약수가,
가슴 답답할 때는
해 밀어올리는 의상대 새벽 바다가,
입이 텁텁할 때는
달큰한 조청덩어리 친구가
확실히
효험이 있기 때문이다

내가
고향 고향 하는 건
고향 타령만 해도
속이 편해지기 때문이다

단풍 물들 나이에야 알았다

세상에
이리도 많은 두근거림이 있는 줄
단풍 물들 나이에야 알았다

울림줄 위로
콩알 볶듯 피어나는
봄꽃들의 경쾌한 발걸음과

가을바람 엇박자에도
흔들리되 눕지않는
코스모스의 휘청대는 회귀본능을

그리고, 축제 끝난 후
거꾸로 서 있는 큰 북채 대가리를 따라
우리한 회한이
저 깊은 곳으로 가라앉는 게 들렸다

난타는 땀으로 삭힌 혼울림이다

시마詩魔

1

이슬은

밤새

또옥똑 별을 따 먹었어

몰래

정도 통했지

그래서

이리도

속마음 반짝이는 거야

2

네가

왔던 거야

아주 조금만

스며들었던 거야

서리는

너를 훔치려다 들켰을 거야

그래서

하얗게

얼어붙어버린 거야

아침에

곱게 물들다
찬찬히 지는 낙엽이 아름답다
어느 나무에 피었든
어쩌다 피었든

오늘 고울 일이다
내일 물들어도 될 만큼
긴 인생은 없나니

푸드트럭이 내린 정의

문어 만원 (₩10,000)

삶은

참소라 만원 (₩10,000)

그럴지도 모르지

요즈음

삶은

만 원짜리 몇 장

왔다갔다 하는 것일런지도

은어

단물만 골라 먹는
그 삶도 힘들다던데

짠물 민물 오가는
너
은어야 은어야

까치집

까치가 집을 짓습니다
나무 꼭대기 높다보니 늘 흔들립니다
주어온 가지 얼기설기 엮고
필요 없는 틈새만 흙으로 메웁니다

태풍을 견딥니다
흔들리면서 지은 집이라 그렇습니다
비바람 두렵지 않습니다
비도 바람도 잘 빠지기 때문입니다

바람이 미루나무를
한창 흔들어대고 있습니다
지금
집 지을 때인가 봅니다

잡풀 향기

무성해진 잡풀
빡빡머리 깎듯 예초기로 확 밀어버린다
온 세상이 풀비린내
싱싱하고도 향긋하다

머리 가득 찬 생각
싹둑 쳐내면 무슨 향기라도 날까
혹
잡풀에 부끄럽진 않을까

반딧불이

어스름해져가는 들판에서

별을 닮아가니

너는

참 좋겠다

일광욕

햇볕에 내다 걸어야지

눅눅한 생각

덜 펴진 주름을

코스모스

벌 나비 온갖 유혹
용케 참아 넘기더니
고추잠자리 날갯짓 몇 번에
몸을 연
수줍은 꽃

간지러운 바람에
더는 못 참겠는지
낭창대는 허리 흔들며
몸서리치더니만
남 몰래
이슬 와락 끌어안다 들킨
부끄러운 꽃

아침 하늘
쌉사래한
가을물결 인다

겨울나고 있구나

오늘도
꽃이기를 꽃이 되기를 멈추지 않는다
가지 끝 애송애송 솜털들

눈 나리면 그 눈 고이 받아
눈꽃으로 환히 피워내는
한겨울의 소망들

터져오르리라 기어이
봄꿈에 겨운 저 목련망울 망울들

너흰 이미 꽃이다

때

거 봐요!

때 되니

다

피어나잖아요

개미누에 기다리기

1

먹다가
죽은 듯 자다가
다시 깨어나 또 먹는다

제 몸보다 만 배는 커지는 개미누에
그제사 일을 시작한다
처음이자 마지막 집을 짓는다
제 몸 누이고도 남을 넉넉한 비단집을

2

그렇지! 덜 자란 것이 실을 뽑는 건
제 목을 일찌감치 감아버리는 일
몸 안에 고대광실을 들여앉히는 일

오, 저 누에
태어나며 그걸 알고 있었다니

수평선

길고도 굽은 세월
그리 그윽하더니

하나가 되었구나
너희

박꽃 유전

나 열한 살 때 돌아가신
외할머니는
아무리 밝게 웃으셔도
늘
박꽃이었어
밤새워 달을 뒤척이던
박꽃이었지
홀몸으로
자식 둘을 앞세운
하이얀 울음이었지

어머니도
가끔
박꽃처럼 웃었어

별 뽑기

반딧불이를 따라가
하늘을 거닐다
집 생각날 땐

어느 별을 눌러야
어머니가
문 열어 주실까
아버지 그 흰 수염이
웃고 있을까

제2부
헛발질

김미숙 : Reflection

피동

제 이름 하나

제 손으로

짓지 못하네

결국,

결국.

지금 나는 몇 시인가

1

내 나이 육십 좀 넘었으니
지금은
오후 두시를 막 넘겼을까
100살까지 산다면 (좀 지겹겠지만)

90살까지 산다면 오후 네시를 넘겼을 게고
80까지만 산다면 저녁 여섯시가 좀 못 되고
70밖에 못 산다면 벌써 밤 여덟시 반쯤
(외삼촌 한 분은 그렇게 칠순도 못 채우셨지)

참 모를 일이군
이 순간
나는 대체
몇 시를 살고 있는지

2

어쨌든
인생 시간 밤 열시만 되면
누구나 다 졸음 겨워하고
어디 나다닐 곳도 마땅치 않은 이승살이

3

어쩌면 마지막 1초,
자정 문지방을 넘어가는 그 초침소리가
코앞에 있을지도 모르는 이 시간에
아직 나는
계산기만 두드리고 있네

근시 · 1

스러질 꽃

어이 보이겠나

꽃에 취해

흐드러진 눈에

근시 · 2

황금물결 칠 때는

보지 못 했네 내가

허수아비 외발인 것을

근시 · 3

눈사람이라는 사람이

슬쩍슬쩍

곁불이나 넘보네

근시 · 5

립스틱 고운 색에
눈을 빼앗겨

그 속
세치 혀를 보지 못하네

근시 · 6

꽂병에 꽂아 두고

두고 두고

볼 욕심에

못 본 척 한다

저 흐르는 백담계곡 꽃진 물을

헛발질

가재 한 마리가

외집게발로

물거품을 자꾸 잡아챕니다

계곡은

이미

입추 지나 상강인데

동백꽃 지다

절정일 때 떨구는 꽃잎

부끄러운 이 노욕은

그 낙화마저 탐을 낸다

만추

국화꽃이
서리 몸살을 앓고 있습니다

몇 안 되던 꿀벌마저
이젠
오질 않습니다

착각 · 2

길어지는 그림자가

남은 시간인 줄 알았더니

등 뒤로

해가 떨어지고 있었네

착각 · 3

남은 건 내리막길

왠지,

만만해 보였다

착각 · 4

눈을 떠야만

보는 줄 알았네

뜨고만 있으면

다

보일 줄 알았네

착각 · 5

돌아야만

팽이인 줄 알았다

돌 땐

어지럽지도 않았다

잠

집일까

무덤일까

누에가 자고 있는

저 비단고치는

자화상

달빛 아래 한뎃잠 자는 중
돌아가는 중

백옥 목련꽃잎들
즐비하게 누워
흙빛 물드는 중

제3부

쭈글스럼의 미학

김미숙 : 소나무 길을 잃다

무제

꽃 질 게 아프다

봄만 오면

정떼기

1

무슨 일이 일어난 걸까
가랑잎 떨어지는 노을 숲에
아부재기* 흐느낌 하나 들려오지 않느니

너와 나 사이
보이지 않는 딱지 한 켜 굳어져간다

2

그래, 남이 된다는 건
주고받기를 이제 그만두는 거

목 타들어가는 나날들
물을 구걸하느니 활활 태워 보내는 게 낫겠다
너 보라는 듯
나의 마지막 생을 날려 보내리

3

바람 일어 너를 떠날 때

나 비로소 알았다

떨켜,

아픔 없이 나를 보내려는

네 보드라운 정떼기를

---

* 아부재기 : 아픔이나 어려움을 과장하고 엄살부리는 일.

이팝나무

1

내가 거기 있었다고
분명 그랬다고
연두 잎에 일던 파랑波浪
소리를 참고 있다

나도 같이 있었다고
틀림없이 그랬다고
오월의 흰 꽃이
부르르 몸을 떤다

윤기 흐르던 그 목소리 어디로
달기까지 했던 사랑의 눈물은 또 어디로

2

바다란 원래
이리도 갑자기

확, 깊어지는 거라면

잔바람에
파랑
일지 않았을 것을

나비 날개짓에
하얀 꽃무덤
꿀렁대지도 않았을 것을

독

짙을수록 제 맛이라 생각했는데
소나무 목을 졸라
온산 뒤덮는
칡넝쿨을 보니

저 검푸른 녹색
이젠,
무섭다

그래
독이란
이길 수 있는 자만이
품을 수 있어

육 학년

1

사랑 불타올라
초점 풀려버린 여인네 눈빛인가
노을,
고혹을 넘어
육욕스럽기까지 한데

달아오르고 싶은 인생 육 학년
하마
어깨 무겁고
눈 어두운가

2

곱게 익은 단풍잎이야
봄꽃 부러울 것도 없다는데

추억 몰아 서산 향하는
한 줄기 새 떼

칼끝의 손잡이라도 되고 싶었다

1

푸른 바람 일게 하고 싶었다

그 손에 들리어

비바람 몰려올 때는

기꺼이

우산대가 되어

그 손 잡아주고 싶었다

그 손을

네 손을 잡을 수만 있다면

나를 찌르는 칼끝의

손잡이라도 되고 싶었다

2

나,

이제

한 포기 명아주로 자라

그대 손안에

지팡이로 들리우고 싶다

네가 어찌 다 알리

먹고살려면 달려야만 했다
종종 다리가 아팠다
그럴 땐 그만 팍, 손 놓고도 싶었다
하지만 뛰었다

이제
쉬어도 괜찮을 나이
그런데
다리가 저려온다

4번 5번 척추 사이 눌린 신경이
시큰시큰 찌릿찌릿 하단다

MRI야,
네가 어찌 다 알리
들러붙어버린 그 세월 야속해
빼근한 것을

쭈글스럼의 미학

배를 한 입 베문다
춘삼월까지 버텨온 늙은 배
물은 좀 적지만
달근하다

동안거를 마치고 나온
한겨울 군고구마
쭈글쭈글 달달달

내 얼굴도
물기 살살 빠져나가니
뭐 좀
달금달금해지는 그런 구석은 없나

화면조정

"지금까지 화면조정 시간이었습니다."

남은 장면
화질 깨끗할까

밤송이

바람 소슬해지니

가시 돋힌 네 마음도 열리는구나

그런 산이 좋아라

맨몸으로 서 있는 그런 산이 좋아라
찬 바람에 야윈 가슴마저 씻어내고
선한 숨결 상고대 꽃 피우는 그런 산이 좋아라
그 곳엔
시리도록 깨끗한 선녀의 입김이 향기롭겠지

산벚나무 꽃눈 막 터오는 그런 산이 좋아라
풀 나무 새순 달고
장구한 소나무 드문드문 관록 보태는 그런 산이 좋아라
그곳엔
연록의 순한 것들이 바글대겠지

한 사발 냉수 담은 자그마한 소沼
달빛 아래 계곡을 끌어안고
곤한 잠결
피콜로 지저귐에 뒤척이는

그런 산이 좋아라

아아, 그런 산에 사는 노루는 참 좋아라

달

원만해지려고

빈 가슴 채우더니

평안해지려고

채운 것 덜어내네

검정 고무신

개울 뒤적여 풀뚜거리 몰던
검정 고무신

뿍뿍 뿌욱뿍
그만 놀고 집에 가라
방귀소리 요란 떨던
땀 찬 고무신

이제는 다시 신을 수 없는
칠문반 짜리 그 고무신

새벽 손짓

1

파도 한 켜 밀려오듯

기다리면 올 줄 알았네 그대

무너져 내리는 애절함에

잠시 서는 핏발노을

또 그렇게 스러져가네

2

사라지는 사랑은

서리일 뿐 다만 서리일 뿐

흔적도 없이 사라져버리는 그 사랑은

그저 시리기만 한

새벽 그리움일 뿐

3

파도 한 켜 밀려오듯

기다리면 올 줄 알았네 그대

무수한 손짓 끝에
파도 한 켜 밀려오듯
또 그렇게 스러져가네

사과 과수원

곱다!
한마디 말씀에
온 세상이 꽃으로 피어납니다

곱다, 곱다! 하시니
푸른 잎으로 무성히 피어나
갓 빨아 널은 맑은 숨 뿜어댑니다

참, 곱다!
쓰다듬는 손길에
절로 붉어져
한 알 사과가 익어 떨어집니다

개기월식

1

어느 밤
지구가 달을 갉아먹고 있었다
곧 암흑이 될 하늘

하지만 보란 듯
달은
먹혀버린 제 온몸을 검붉게 달궈낸다
한 토막 빛도 낼 수 없는 그것이

2

아,
허공에 떠도는 빛 부스러기들을
끌어안고 버티는구나
지상의 저 모진 목숨들이

원죄

— 오체투지五體投地

죄를 씻겠다며 길을 나선 윈난雲南 농부 다섯이 차茶가 올라가고 말馬이 내려오던 옛길 험준한 차마고도를 걸어 라마교 성지를 향해 순례가 한창이다

1

지은 죄 털어버리려는 듯
몇 걸음 걷고는 제 몸뚱이를 내던진다
돌투성이 길바닥에 이마를 찧어대며
반년도 훌쩍 넘도록 그렇게 용서를 빌고 있다 온몸으로

저들이—노오란 유채꽃 · 분홍빛 감자꽃 · 보라색 무꽃 · 하이얀 메밀꽃을 철철이 피워내는 사람들이, 하늘 가까운 곳 별들이 떨어지는 우물물을 먹고사는 이들이, 벼락소리에도 오금 저려하는 사람들이 - 무슨 죄 얼마나 지었을까

2

맑아서 깊어진 죄라면

끝이 있을까

저들의 죄, 원죄

감자녹말

— 예수 열전

1

상처 입은 것들

자잘하다고 버려진 것들

짓무른 것들을 하나하나

끌어 모아

흙 털어 몸을 씻긴다

참으라고, 잠시만

살려면 썩을 줄도 알아야 한다고

우물터 컴컴한 독 속에 가두어둔다

2

천대받았던 네 살점들 스스로 썩어가고 있구나

분노 가득 찬 구린내 온 마을을 뒤덮는다

잊을 건 잊어버려라

가슴속 그 응어리를 이젠 풀거라

3

독에 고인 고약한 것들을 헹구어 내버리고

씻기고 또 씻겨낸다

어느새

독 밑바닥엔

뽀얗게

가라앉아 있는 것들 뿐

햇살 좋은 데로 데려나와

고운 체에 얹어 슬슬슬 얼러주니

오,

소복소복 눈가루로 쌓이는

무지랭이 저 감자 꽃들

제4부

왼손의 엄지들이여

김미숙 : 다 이루다

왼손의 엄지들이여

뭐 이렇나. 왼손 엄지가 살짝 고장 난 것뿐인데 물병 하나 제대로 딸 수 없으니. 오른손잡이에게 왼손은 그저 조수 역할 아니었나. 엄지 혼자 할 수 있는 건 기껏해야 핸드폰 자판 누르는 정도 아닌가.

한 사흘 불편하고야 알았다. 엄지는 혼자서 나머지 손가락을 일대다一對多로 상대한다는 걸, 왼손은 늘 오른손 모르게 일 한다는 걸, 왼손이 받쳐줘 이 세상이 돌아가고 엄지 덕에 다른 손가락이 힘쓴다는 걸.

왼손들이여
왼손의 아픈 엄지들이여
무심했던 나를 용서하시구려

소록도의 슈바이처

— 신정식 박사를 생각하다

1

전염병을 앓았다지요, 어려서

가슴을 가로질러 흐르던 피눈물의 강
에미 애비의 가슴을 후벼 파던 그 아픔의 강을
절름절름 무사히 건넜다지요*

2

찌까다비를 벗으면
발가락이 또 한 개 없어지는**
사슴의 무리

그 아픔이 눈에 꽂혀
살아남은 발톱들을 깎아주며
젊은 당신,
스물일곱 성상을 보냈습니다
문드러져 흘러내리는 저들의 살점을

가느다란 당신의 그 다리가 지탱해주었습니다

피고름, 그래도 못 잊어
지지 않는 샛별이 오늘도 빛나고 있습니다
소록도 하늘에

---

* 신정식 박사는 소아마비를 앓았음.

** 한하운의 〈전라도 길〉 일부.

착한 눈망울의 소리꾼, 하나 씨

— 똑똑하지 않게 태어나 죄송하다고/ 엄마 아빠 사랑한다고

1

한 맺힌 소리 흔 잎 얻기 위해

자식 눈까지도 앗아버린다는

비정한

득음의 세계

2

여기

착하디 착한 눈망울이 쏟아내는

옹이 박힌 한의 노랫가락 있으니,

발음마저 어눌해

가슴 더욱 치게 하는

소리꾼 하나 있으니

아버지 날 낳으시고

어머니 날 키우시니…

끊어진 창자, 이어지는 소리

3

대금 울 듯 그렇게

참을 것도 없이 토해내

부디, 천부天賦의 한

지상의 큰 영광으로 드러내소서

D 선생

— 예수 열전

1

일면식도 없는 내 어미의 찬 몸을
구석구석 씻기고
꼼꼼히 닦아 옷을 입히며
무어라 조근조근 덕담까지 건네는
D 선생

2

예수를 통하지 않고서는
하늘나라에 들어 갈 수 없다기에
통행증 삼아 받아 놓은 세례증명서

때때로 고해성사를 보고
보속을 받고
피와 살을 영하지만
달라붙기만 하는 얼룩 얼룩들

아무래도
염쟁이 D 선생의 손길을 통하지 않고서는
그 나라 근처에도 못갈 것 같구나

매화리 염전에서
— 예수 열전

1

햇빛과 바람이 만들어 준 소금을
감사히 받아내는 염부가 있습니다

아무리 내딛어도
한 치도 더 올라갈 수 없는 무자위*를
하늘 길인 양 삐걱삐걱 밟아대는
미련한 사람입니다

하나로는 해가 모자라
등에 하나 지고 가슴에 하나 안고
굽은 허리 더 숙여
밀고 쓸고 고무래질 하는
그런 숨막히는 사람입니다

2

잘 먹고 더 잘 살려면

광선도 염분도 피하라는 이 세상에서
빛과 소금을 외치다 지친 예수

땡볕 십자가를 끌고
소금꽃으로 피어나던 성자가
여기 폐염전에 있습니다

---

* 무자위: 물을 낮은 곳에서 높은 곳으로 끌어 올리는 수차.

얼마나

행여 찻길 막아설까
얼마나 미안했으면
저리 바짝
인도 쪽으로 붙여 세웠을까
저 노점 트럭

짐칸 위의 삶,
팔아치워야 할 물건에 걸려
오금도 쭉 못 펴고 쭈그려 앉은

얼마나
무릎 한 번 펴고 걷고 싶었으면
행인도 드문 인도 옆에
저리도 가까이 붙어 있을까

석수石手

— 신봉균 시인을 생각함

1

시건방진 일입니다

누가 누구를

제멋대로 불러대는 것은

2

그러나

경건한 일입니다

사람이 제 마음만큼이나 완고한 돌을

자근자근

쪼으고 다듬어낸다는 것은

돌꽃에 향내 입히려

바위 무덤을 깨고 또 끌어냅니다

나비 한 마리 무덤에 날아들 때까지

엿 한 가락

— 예수 열전

1

종말이 다가온다고 알리는 철가위질 소리 요란하다
촌 동네 막다른 이 골목까지도

마지막일지도 모를 구원을 놓칠세라
죄 많은 것들이 쏟아져 나온다

구멍 뚫린 양은 냄비
한 짝 짜리 코고무신
주둥이 깨진 까마귀병
따발총 탄피

2

갖다버릴 개똥조차 없는 먼 발치 저 코흘리개
그 까만 손에
슬그머니 엿 한 가락 쥐어주고

기침소리 함께

뒤돌아가는

절거덕 절거덕 철가위질 소리

남애항 고향식당에서는

— 예수 열전

1

뱃일 막 끝내고
김나는 얼굴들이 들어선다

설설 끓는 물소리에
찬모가 건네는 새벽인사 따스하다

2

저들이 건넨 제물을 받아든 찬모는
보속하듯
버릴 것도 없는 배를 갈라 헹구어낸다
알, 곤지, 대가리, 몸통
그리고 꼬리들,
뚝뚝 잘라 소쿠리에 담는다

생태탕이 맑게 끓는 사이
주문하지도 않은 소주병이 습관처럼 나오고

오늘도 시작되는 성찬예식

3

스뎅 냄비 위

김 서린 술잔들 부딪히는 소리에

남애항이 눈을 뜬다

부부 절도단

까치 두 마리가 느티나무를 싸맨 마대포를 마구마구 쪼더니 푸스스해진 실올 몇 가닥을 훔치듯 슬쩍 뽑아 물었다. 들켰을까 이리저리 살피는 순간 눈이 딱 마주쳤다.

당황했어? 힐끗 웃음을 건넸는데 그 쪽은 살 맞은 양 풀썩풀썩 어쩔 줄 모른다. 내 웃음이 서툴렀나 훔친 실올에 제 발 저렸나.

그깟 짚도 못 대주는 서울 인심이야 야박해도 마대포로 사는 법을 깨우친 고것들. 요즘 젊은이들만큼이나 대견해.

모르는 사람은 피하는 게 상책이라며 눈알 굴려 경계하던 한 녀석이 휙 가버리자 남은 녀석도 뒤따라간다. 제 짝에게 수작이라도 걸까 불안했는지 앞서 가던 녀석이 날 보며 까악 깍 소리친다. 아서라 나도 꽃

같은 임자 있단다.

도심 속 생계형 절도
물어 나른 장물로 집을 짓겠지
집 안에 오글오글 알도 품겠지

귀여운 절도단, 까치부부여
내 못 본 척 하리다

숨비소리

물속 사정 하늘에 고하는 소리
울화와 감사가 함께 터지는 소리

어머니 턱 끝에 찬 숨비소리에
나릿가* 아이들
이만큼이나 자랐다

* 나릿가 : 나룻가의 강원도 방언.

입 조심

오 년 전에 딱 한 번
김치 참 맛있다
아내에게 말했는데

일 년에도 몇 번씩
열무김치 나르시는
팔십 넘은 장모님

한 서방,
자작한 게 좋나
국물 많게 맹글까

이제부터라도
입 조심 해야겠다
장모님
예전 같지 않으신데

껍데기

1

감나무 잎사귀에 매달린
저 매미 탈피각

나는 안다

안간힘으로 부릅뜨고 있는
퀭한 네 두 눈

자식 울음소리
찬바람에 다 묻고나서야
겨우 감기리라는 것을

2

오십도 넘은 자식 아직 못 미더워
그 자식의 자식까지 눈에 밟혀
어머니는 그리도 힘들게
눈 감으셨는가

마음의 건축학

이 성 천
(문학평론가 · 경희대 교수)

1.

"단풍 물들 나이"에 바라보는 삶의 풍경은 어떤 것일까. 누적된 세월의 시간 앞에 선 자의 내면에는 도대체 무엇이 담겨 있을까. 혹 그가 삶을 그 자체로 대긍정하는 낭만파 시인이라면 세계의 형상은 어떻게 그려질까. "세상에/이리도 많은 두근거림이 있는 줄/단풍 물들 나이에야 알았다"(「단풍 물들 나이에야 알았다」)는 순정한 서정시인의 시집에서는 과연 어떤 삶의 향기가 배어나올까.

한상호의 두 번째 시집 『단풍 물들 나이에야 알았다』는 어느덧 "인생시간"(「지금 나는 몇 시인가」)의 반환점을 통과하는 자의 정직한 내면의 기록이다. 동시에 이 시집은 삶의 국면들을 연민의 시선으로 감싸 안은 시인 영혼의 고백이자, 자신이 지나온 세월의 여정에 대한 염결한 마음의 보고서이다. 이런 까닭에 새 시집에는 "돌투성이 길바닥에 이마를 찧어대며/반년도 훌쩍 넘도록 그렇게 용서를 빌고 있"는 "윈난(雲南) 농부 다섯"(「원죄」)에서부터 "고향타령만 해도/속이 편해"(「고향타령」)지는 개별존재에 이르기까지, 경건하면서도 순박한 세계의 다채로운 표정이 살아 숨 쉰다. 뿐만 아니라 "먹고살려만 달려야만 했"(「네가 어찌 다 알리」)던 과거 삶의 "눅눅한 생각"(「일광욕」)에 대한 시인의 시적 고해(告解)와 인생의 "남은 장면/화질 깨끗할"(「화면조정」) 것을 희망하는 실존의 간절한 바람이 빼곡하게 들어차 있다.

2.

일전에 스위스의 미학자 아미엘은 〈세상 모든 풍경은 마음의 풍경〉(『내면의 일기』)이라고 언급한 바 있다. 맞는 말이다. 시선의 주체가 바라보는 세계의 모습에는 기실, 어떤 방식이로든 사색자의 내면이 개입하고 있는 까닭이다. 하물며 그것이 서정시의 경우라면 사정은 말할 나위가 없다. 서정시는 본질적으로 마음의 작업이고, 따라서 서정적 주체가 주조하는 세계의 풍경이란 곧 시인 마음의 풍경에 다름 아니기 때문이다.

한상호의 새 시집은 이러한 서정시의 본원적 성격, 즉 '마음의 풍경학' 이라는 장르적 특성을 지속적으로 환기한다. 그의 시는 경험적 세계의 풍경을 매개하여 서정적 주체의 마음을 밀도 있게 현상한다. 이번에 시인은 대상 세계와의 거리를 최소화함으로써 스스로의 마음을 시종일관 부조하고 있는 것이다.

까치가 집을 짓습니다
나무 꼭대기 높다보니 늘 흔들립니다
주어온 가지 얼기설기 엮고
필요 없는 틈새만 흙으로 메웁니다

태풍을 견딥니다
흔들리면서 지은 집이라서 그렇습니다
비바람 두렵지 않습니다.
비도 바람도 잘 빠지기 때문입니다

바람이 미루나무를
한창 흔들어대고 있습니다
지금
집 지을 때인가 봅니다

—「까치집」 전문

인용 시는 "까치집" 이 있는 풍경을 단정하게 묘사한 작품이다. "미루나무"와 "주어온 가지", "비"와 "바람"과 "태풍" 등은 각각 풍경의 디테일을 담당한다. 그런데 이 시의 풍경 속에는 정작 이런 것들만 들어있는 게 아니다. 무엇보다도 시적 풍경에는 화자의 내밀한 마음이 드리워져 있다. 작품의 행간에는 "얼기설기 엮고/필요 없는 틈새만 흙으로 메운" 까치집의 건축구조와 "흔들리면서 지은 집"의 상징적 의미가 견인하는 시인의 마음이 걸려 있는 것이다.

「까치집」에 투사된 시인의 마음이란 가령, 이렇다. "꼭대기"의 삶은 "높다보니 늘 흔들"린다는 것, 그러므로 "꼭대기"를 지향하는 삶은 "필요 없는 틈새만 흙으로 메우"는 '무욕'과 '비움'의 자세를 지녀야 한다는 것, 그럴 때 비로소 "비도 바람도 잘 빠지"는 넉넉하고 아름다운 인생의 집을 마련할 수 있다는 것, "나무 꼭대기"의 "까치집"이 세월의 온갖 "태풍을 견디"어 낼 수 있었던 것도 세상의 정해진 이치에 따라 "흔들리면서 지은 집이라 그렇"다는 것 등등.

이처럼 이 시는 풍경을 전유하여 인간의 한 생애를 집짓기의 과정으로 설정하고, 이를 통해 인생의 의의를 되뇌는 시인의 내면을 투명하게 보여준다. 무욕과 비움의 원리를 토대로 한 "까치집"의 건축공학과 "흔들리면서 지은 집"의 풍경에는 부질없는 욕심을 경계하고 생의 참된 가치를 기억하고자 하는 시인의 마음이 잔잔하게 파동치고 있다. 「까치집」에서 시인은 일상의 헛된 욕망으로는 진정한 삶의 "꼭대기"에 결코 도달할 수 없으며, 이때의 "꼭대기"란 단지 "단물만 골라 먹는/그 삶"(「은어」)의 맹목적 '높이'에 불과하다는 사실을 평범한 자연풍경을 통해 차분하게 설파하고 있는 것이다.

한 가지 주목할 것은 이러한 시인의 마음이 작품의 후반부에 이르면 실천적 삶의 영역으로 점차 이월된다는 점이다. 2연의 "지금/집 지을 때인가 봅니다"라는 화자의 육성은 이를 단적으로 증명한다. 여기에는 현재진형형의 차원에서 '마음의 집'을 건축하려는 시인의 의지가 적극적으로 반영되어 있다. 이런 한상호의 시인의식이 "바람이 미루나무를/한창 흔들어대고" 있는 이즈음 삶의 풍경, 즉 인생의 변곡점을 지나는 실제의 현실에서 꾸준하게 비롯되고 있음은 물론이다.

배를 한 입 베문다
춘삼월까지 버텨온 늙은 배
물은 좀 적지만
달근하다

동안거를 마치고 나온
한겨울 고구마
쭈글쭈글 달달달

내 얼굴도
물기 살살 빠져나가니
뭐 좀

달금달금해지는 그런 구석은 없나

—「쭈글스럼의 미학」 전문

인생의 전환점을 맞이한 존재의 시선에 포착된 삶의 풍경, 그 풍경 너머로 '마음의 집'을 짓고 있는 한상호 시인의 모습은 시집의 곳곳에서 어렵지 않게 찾을 수 있다. 먼저, 시인 자신이 "오후"의 시간대로 지칭하는 현재적 삶과, 그 삶의 현실과 마주한 주체의 심리상태는 주로 시간의식과 세월의 경과를 지시하는 소재의 활용을 통해 효과적으로 표출된다. 예컨대 「쭈글스럼의 미학」은 대표적인 경우에 해당한다. 시제가 환기하듯이 이 시는 "춘삼월까지 버텨온 늙은 배"와 "동안거를 마치고 나온/한겨울 군고구마"를 "물기 살살 빠져나가"는 "내 얼굴"과 동일시함으로써, 그야말로 "쭈글스럼"의 세계로 막 진입한 시인의 마음을 재치 있게 형상화하고 있는 것이다. 이외에도 "달아오르고 싶은 인생 육 학년/하마 어깨 무겁고 눈 어두운가"(「육 학년」)와 "이 순간/나는 대체 몇 시를 살고 있는지"(「지금 나는 몇 시인가」) 및 "백옥 목련꽃잎들/즐비하게 누워/흙빛 물드는 중"(「자화상」)의 부분들도 "쭈글스럼의 미학"을 공유하는 시편들이다. 특히, "늦가을" "낙엽"과 "단풍"의 계절 감각이 확산하는 하강이미지는 이번 한상호 시세계의 출발선과 시적 상상력의 배경을 파악하는데 전혀 부족함이 없어 보인다.

원만해지려고

빈 가슴 채우더니
평안해지려고
채운 것 덜어내네

—「달」 전문

그렇다고 해서 이 말은 한상호의 시세계가 소멸과 퇴색의 이미지로 가득 차 있다는 것은 아니다. 또한 세월의 흐름에 따른 상실과 허무와 폐허의 정서로만 점철된다는 것도 아니다. 그보다도 한상호의 시에서 시간의 축적은 인생의 의미를 새롭게 발견하는 절대적 계기로 작용한다. 아울러 시인의 마음은 시간이 지날수록 생성과 소멸 또는 상승과 하강이라는 자연의 시간 질서를 무한대로 승인하며, 타자에 대해서도 긍정적이고 따뜻한 시선을 보내는 경우가 더 많다. 마치 주기적 재생성과 우주적 순환성을 동반하여 '채움' 과 '덜어냄' 의 이치를 그려낸 저 "원만" 하고 "평안" 한 "달" 의 그윽한 마음이 그러하듯 말이다. 역설적이게도 "오후" 시간에의 노출은 인생의 비의를 향하는 시인의 마음을 더욱 단련시키는 효과를 가져 오게 한 것이다. 하여, 지금도 시인은 삶의 연륜을 바탕으로 '마음의 집' 을 지어가는 중이다.

3.

한상호의 새 시집이 궁극적으로 '마음의 집' 을 지어가는 시적 작업이라면, 의당 그 시작은 삶에 대한 진지한 성찰과 겸허한 반성에서부터 이루어져야 할 것이다. 아무래도 비판적 삶의 이해와 회의정신의 덕목은 '마음의 집' 을 건축하는 과정에서 필수적인 기초 공사에 비견될 수 있는 까닭이다.

> 황금물결 칠 때는/보지 못했네 내가/허수아비 외발인 것을
>
> —「근시 2」 전문

> 꽃병에 꽂아 두고/두고두고/볼 욕심에//못 본 척 한다//저 흐르는 백담계곡 꽃진물을
>
> —「근시 6」 전문

> 남은 건 내리막 길/왠지,/만만해 보였다
>
> —「착각 3」 전문

> 눈을 떠야만/보는 줄 알았네/뜨고만 있으면/다/보일 줄 알았네
>
> —「착각 4」 전문

> 돌아야만/팽이인 줄 알았다/돌 땐/어지럽지도 않았다
>
> —「착각 5」 전문

「근시」와 「착각」 연작은 '마음의 집' 을 구축하는 주요 시적 자재들이다. 제목이 지시하듯이 이 시들은 지난 삶의 근

시안적 생각과 "착각"의 마음들을 반성적으로 성찰한 작품이다. "황금물결" 치는 인생의 상승국면과 "내리막 길"에서 미처 인지하지 못했던 존재의 자기기만, "두고두고/볼 욕심"의 과잉, "뜨고만 있으면/다/보일 줄 알았"다거나 "돌 땐/어지럽지도 않았다"는 인식론적 사유의 부재와 왜곡된 '현실원칙'에의 강제된 굴종 등은 반성의 구체적 내용이다. 마음의 '착시현상'으로 얼룩진 일상의 우울한 흔적들은, 현재 시인으로 하여금 자기반성을 유도하고 있는 것이다.「근시」와「착시」가 '마음의 집'의 한 축을 담당한다함은 이런 의미에서인데, 종국에 그것들은 삶의 총체성을 견인하는 자아성찰의 내적 계기로 작용한다.

그런데 연작시편이 의도하는 바가 여기까지라면, 사실 그 내용은 그다지 새로울 것이 없다. 마음의 착시현상에 대한 자각과 반성은 주변의 시편들에서도 얼마든지 만날 수 있기 때문이다. 하지만 이번 한상호의 연작시는 이 정도의 주제의식에 국한되지 않는다. 오히려 이들 연작시의 진정한 묘미는 '보다'의 동사를 공통분모로 한 철학적 사유의 전개라는 측면에서 그 가능성을 타진할 수 있다.

우리가 잘 알고 있듯이 인식의 지배를 추구하는 현대적 사유체계의 한 특성은 시각(눈, 보다)을 중시하는데 있다. 시각중심주의 체제에서 인간(주체=I)의 눈(사유=eye)은 진위판단과 존재유무를 결정(이해/앎/See)하는 최상의 척도이다. 〈I=eye〉이고 〈보다=이해하다=앎=Yes, I See〉의 방식이다. 그러나 인간의 '눈'은 자기의식의 명징성을 고집하는 과정에서 "눈을 떠야만/보는 줄 알았네"와 같은 인식론적 착각과 "뜨고만 있으면/다/보일 줄 알았네"라는 자기기만의 근시적 '앎'으로 인해 시선의 고착화 현상을 야기했다. 그 결과 주체인 "나"와 "눈(보다)" 사이에는 종종 현실원칙의 지배담론 또는 강제된 동일성 담론이 개입하게 된 것이다. 이런 측면에서 한 번 더 짚고 넘어가야 할 사항은 이번 한상호의 연작시에 유독 〈보다〉의 시어가 빈번하게 출현한다는 점이다. 이를 시인의 의도적 어휘 선택 행위와 연관시키는 일은 물론 쉽지 않은 작업이다. 그러나 시인이 의식했건 그렇지 않건, 마음의 착시현상을 다루는 그의 연작시에 〈보다=이해하다=앎〉의 시적 등식이 자주 발견된다는 점은 거듭 강조해두고 싶다.

문어 만원 (₩10,000)
삶은
참소라 만원 (₩10,000)

그럴지도 모르지
요즈음
삶은
만 원짜리 몇 장
왔다갔다 하는 것일런지도
—「푸드트럭이 내린 정의」 전문

행여 찻길 막아설까

얼마나 미안했으면
저리 바짝
인도 쪽으로 붙여 세웠을까
저 노점 트럭

짐칸 위의 삶,
팔아치워야 할 물건에 걸려
오금도 쭉 못 펴고 쭈그려 앉은

얼마나
무릎 한 번 펴고 걷고 싶었으면
행인도 드문 인도 옆에
저리도 가까이 붙어 있을까

—「얼마나」 전문

여기 두 대의 "트럭"이 있다. 언어유희가 유난히 도드라지는 「푸드트럭이 내린 정의」 속의 "트럭"과 부사어 선택의 적절성이 빛나는 「얼마나」의 "노점 트럭"이 그것이다. 트럭들은 이미 나름의 시적 치장을 마친 상태이다. "푸드트럭"의 경우, 행과 연의 의도적 배치를 통해 시각적 효과를 극대화한다. 메뉴판을 패러디한 듯한 도입부는 해학성마저 감지된다. 반면, "노점 트럭"의 시적 외관은 "푸드트럭"에 비해 다소 소박한 편이다. 특별한 구조장치 없이, 부사어 "얼마나"의 진한 여운에 시의 사활을 걸고 있다.

한상호의 "트럭"들은 이처럼 표층적으로는 상호 대조적

인 모습을 보인다. 그러나 작품 속 "트럭"에 반사된 시인의 사유는 의외로, 어떤 측면에서 서로 맞닿아 있다. 가령, "요즈음/삶은/만 원짜리 몇 장/왔다갔다 하는 것"이라는 반어적 표현과 "그럴지도 모르지"라는 화자의 희화화된 목소리는 물질만능주의의 경박한 일상을 유쾌하게 풍자한다. 그런데 이는 "저 노점 트럭"에 실려 있는 "미안"함과 쓸쓸함과 애틋함의 분위기와 충돌하면서 삶의 본래성 또는 공동체적 삶의 의의와 인접한 주제의식을 공통으로 생산하고 있는 것이다. "삶은"이라는 자조적 질문을 대동한 「푸드트럭이 내린 정의」가 종국에는 비애감을 조성한다는 것, "얼마나"라는 특정 부사가 이끄는 연민과 동정의 정서가 최종적으로 비루한 일상을 영위하는 우리들의 삶과 동류의식을 형성한다는 점은 이 사실을 우회적으로 뒷받침한다. 비약이 허용된다면, 한상호 시인은 현실의 저 "트럭"들에서 본원적 삶의 고유성에 대한 공감과 이해, 타자에 대한 배려와 포용과 겸허의 마음을 구매하고 있었던 셈이다. 지금 우리가 살아가는 그 현실이 비록 누추한 장소일지라도 말이다.

덧붙일 것은, 이러한 한상호의 시심은 새 시집에서 확장/전이된다는 점이다. 세계 내 존재의 인과론적 "사연"을 특유의 의인화법과 포용의 마음으로 해석한 「그럴 거야, 그럴 거야」, 자연 사물들을 온기어린 시안(詩眼)으로 맞이한 「시마」「반딧불이」「코스모스」「만추」「겨울나고 있구나」, 마음의 여유와 위트가 발휘된 「부부 절도단」「헛발질」 등은 이 근방에 위치하고 있다. 이런 측면에서 세상에 대한 연민과 포용, 긍정과 배려의 마음은 현재 한상호의 시세계를 둘러싼 두터운 외피로 보아도 좋을 것이다. 각별하게는 "얼마나"와 "그럴 거야, 그럴 거야"의 어휘가 내포한 포월과 환대의 정신은 현 단계 한상호의 세계 이해방식을 대변한다고 하겠다.

4.

다시, 한상호의 시가 '마음의 집'을 짓는 시적 작업이라면, 이 과정에서 따뜻한 배려와 존중과 환대의 마음을 쌓아가고 있다면, 그의 시에 사람이 보이지 않을 리 만무하다. 한상호에게 시는 세상의 풍경과 동화되는 마음의 작업이고, 그 풍경 속에는 언제나 사람들이 모여 살고 있기 때문이다.

> 일교차가 퍽 컸었나봅니다.
>
> 주전골 단풍 골물
> 참 깊습니다
>
> 당신이
> 지금!
> 그렇습니다
>
> —「내공」 전문

시집에 수록된 시편들 가운데 단연 수작으로 꼽을 수 있는 「내공」은 이즈음 시인 마음의 동화과정을 여실히 보여준다. 남설악 "주전골 단풍"을 소재로 한 이 시에서 시인의 마음은 우선, 늦가을 자연의 깊어가는 시간과 동화되어 나타난다. "참 깊습니다"라는 간결한 시구에는 시간이 숙성시킨 자연의 아름다움과 그 세계의 '깊음'에 대한 시인의 경이와 감탄, 존중의 마음이 포개져 있다. 그런데 이 시에서 마음의 동화작용은 여기서 그치지 않는다. 그것은 시상의 낙차 큰 전개를 통해 일순간, "당신"에게로 옮겨간다. 작품 말미의 "당신이/지금!/그렇습니다"의 시구가 이 지점에 놓여 있음은 재론의 여지가 없다.

여기서 호명된 "당신"의 정체는 여전히 분명하지 않다. 다만 "일교차가 퍽 컸었"던 세월을 함께 건너온 존재, 그로 인해 "지금!" 시인에게 연민과 애틋함의 정서를 불러오는 존재라는 시적 의미맥락과 여백의 상상력을 동원한다면 그 정체를 추측하는 것은 별로 어려운 일이 아니다. 아마도 "당신"은 이제껏 시인이 가장 사랑하고 의지하고 믿었던, 그래서 꼭 그만큼의 미안함과 서글픔과 안쓰러움으로 남은 사람일 것이다. "지금" 시인은 이런 "당신"에게 자신의 마음을 짐짓, 자연 사물에 의탁하여 표출하고 있는 것이다.

이렇게 보면 이 시는 "당신"을 향한 고백의 서사이자 사랑의 찬가라고 할 것이다. 나아가 그것은 "단풍 물들 나이"의 시인이 세상에 바치는 마음의 송가이기도 한데, 이 대목에는 지난 삶에 대한 격려와 위무, 자신을 둘러싼 세계의 사람들을 향한 사랑과 감사와 존중의 마음이 복합적으로 잠재

되어 있는 것이다. 시집의 4부가 또 다른 "당신들"의 향연으로 구성된 것도 이 점과 무관하지 않다. 시집의 뒤편에는 "햇빛과 바람이 만들어 준 소금을/감사히 받아내는 염부"(「매화리 염전에서-예수열전」)와 "일면식도 없는 내 어미의 찬 몸을/구석구석 씻기고/꼼꼼히 닦아 옷을 입히며/무어라 조근조근 덕담까지 건네는" "염쟁이 D선생"(「D선생-예수열전」)과 "소록도의 슈바이쳐"와 "석수"가 살고 있다. 더하여, "지은 죄를 씻겠다면 길을 나선 윈난(雲南) 농부"(「원죄-오체투지」)들과 "발음마저 어눌해/가슴 더욱 치게 하는/소리꾼"(「착한 눈망울의 하나 씨」) "하나 씨"가 "천부의 한"을 키우며 "한 맺힌 소리"로 살아가고 있다. "맑아서 깊어진 죄"와 "착한 눈망울"과 사랑과 희생과 배려의 정신이 이들 삶의 "원죄"라면, 시인은 이들의 삶을 향해 "오체투지"의 마음으로 또 하나의 '마음의 집'을 지어왔던 것이다. "코스모스"와 "잡풀향기"로 가득했던 한상호의 새 시집에서 은은하고 풋풋한 사람의 향기가 풍겨나는 이유도 바로 이러한 사정에서 비롯된 것이리라.

"일교차"가 클수록 깊어지는 것이 어디 "주전골 단풍 골물"뿐이었겠는가. 마찬가지로 "일교차"가 큰 삶일수록 사람의 내공도 깊어지는 법이다.

"단풍 물들 나이"의 한상호 시인,

"당신이/지금!/그렇습니다"(「내공」)

시와시학 발간 시집 목록

한국의서정시

001 한용운 정본시집 『님의 침묵』
『님의 침묵』 80주년 기념시집
002 김소월 정본시집 『진달래꽃』
010 김남조 시집 『귀중한 오늘』
2007년 만해대상 문학상 수상시집
2007년 한국문화예술위원회 우수도서선정
011 고 은 시집 『부끄러움 가득』
2007년 영랑시문학상 수상시집
2007년 한국문화예술위원회 우수도서
012 조오현 시집 『아득한 성자』
2007년 정지용문학상 수상시집
2007년 한국문화예술위원회 우수도서
021 김지하 시집 『새벽강』
2005년 시와시학상 수상 기념시집
022 김지하 시집 『비단길』
2006년 만해대상 평화상 수상 기념시집
2006년 한국문화예술위원회 우수도서
031 송수권 시집 『언 땅에 조선매화 한 그루 심고』
2005년 김동리문학상 수상시집
032 나태주 시집 『쪼끔은 보랏빛으로 물들 때』
033 유재영 시집 『고욤꽃 떨어지는 소리』
2006년 편운문학상 수상시집
2005년 한국문화예술위원회 우수도서
034 이준관 시집 『부엌의 불빛』
2005년 영랑시문학상 수상시집
2006년 한국문화예술위원회 우수도서
035 윤상운 시집 『달빛 한 쌈에 전어 한 쌈』
036 유자효 시집 『성자가 된 개』
2005년 정지용문학상 수상시집
2006년 한국문화예술위원회 우수도서
037 정일근 시집 『착하게 낡은 것의 영혼』
2006년 한국문화예술위원회 우수도서
038 최명길 시집 『콧구멍 없는 소』

039 임보 시집 『장닭 설법』
2007년 한국문화예술위원회 우수도서
2007년 시와시학상 수상시집
040 한광구 시집 『산경山經』
2007년 한국문화예술위원회 우수도서
041 이승하 시집 『취하면 다 광대가 되는 법이지』
2007년 한국문화예술위원회 우수도서
042 김석규 시집 『청빈한 나무』
043 강인한 시집 『입술』
2010년 한국시인협회상 수상시집
044 이동순 시집 『발견의 기쁨』
2010년 정지용문학상 수상시집
045 차한수 시집 『뒤』
046 동시영 시집 『신이 걸어주는 전화』
047 김지하 시집 『산알 모란꽃』
2010년 영랑시문학상 기념시집
048 이수익 시집 『처음으로 사랑을 들었다』
049 박호영 시집 『그대 아직 사랑할 수 있으리』
2007년 한국문화예술위원회 우수도서
050 김추인 시집 『프렌치키스의 암호』
제2회 만해 님 시인상 작품상 수상시집
051 김미숙 시집 『저승 톨게이트』
2010년 시와시학상 젊은시인상 수상시집
052 이가림 시집 『바람개비 별』
2012년 영랑시문학상 수상시집
053 성낙희 시집 『숨 쉬는 집』
2011년 숙명문학상 수상시집
054 임 보 시집 『눈부신 귀향』
055 유자효 시집 『주머니 속의 여자』
056 이동순 시집 『묵호』
제15회 최인희문학상 수상시집
057 김영석 시집 『바람의 애벌레』
2012년 문화체육관광부 우수교양도서 선정시집
058 이향아 시집 『화음』
059 정 숙 시집 『유배시편』
060 김일태 시집 『코뿔소가 사는 집』
제8회 김달진창원문학상 수상시집
061 김유선 시집 『은유의 물』
062 문현미 시집 『아버지의 만물상 트럭』
2012년 시와시학상 수상시집
063 임 보 시집 『아내의 전성시대』
2012년 문화체육관광부 우수교양도서 선정시집
2013년 만해 님 시인상 · 시인상 수상시집

064 김후란 시집 『새벽, 창을 열다』
2013년 문화체육관광부 우수교양도서
2013년 한국시인협회상 수상시집
065 김효중 시집 『침묵의 돌이 천년을 노래한다』
2013년 문화체육관광부 우수교양도서
066 전석홍 시집 『시간 고속열차를 타고』
2013년 영랑시문학상 특별상 수상시집
067 김소엽 시집 『꽃이 피기 위해서는』
068 김선영 시집 『달을 배웅하며』
069 박준영 시집 『동물의 왕국-그림자를 베다』
070 유자효 시집 『심장과 뼈』
2014년 시와시학상 수상시집
071 구이람 시집 『산다는 일은』
072 임 보 시집 『자운영꽃밭』
073 류영환 시집 『그 먼 곳』
2013년 육당 최남선문학상 본상 수상
074 동시영 시집 『십일월의 눈동자』
075 김효중 시집 『빛보래 허공을 찢고』
076 윤 효 시집 『참말』
2014년 세종도서 문학나눔 우수도서
077 정혜옥 시집 『불러 세우다』
078 이 경 시집 『오늘이라는 시간의 꽃 한 송이』
제19회 시와시학상 작품상 수상시집
2015년 세종도서 문학나눔 우수도서
079 김미숙 시집 『멸치 공화국』
2015년 만해 님 시인상 우수상 수상시집
080 구이람 시집 『하늘 나무』
2014년 세종도서 문학나눔 우수도서
2015년 만해 님 시인상 우수상 수상시집
081 임 보 시집 『검은등뻐꾸기의 울음』
2014년 세종도서 문학나눔 우수도서
윤동주문학상 수상
082 김송희 시집 『이별은 고요할수록 좋다』
2014년 숙명문학상 수상시집
083 김 경 시집 『가을빛 사서함』
2015년 세종도서 문학나눔 우수도서
084 유자효 시집 『아직』
085 이향아 시집 『온유에게』
2015년 세종도서 문학나눔 우수도서
086 류영환 시집 『산정수훈』
087 나호열 시집 『촉도蜀道』
2015년 세종도서 문학나눔 우수도서
088 임 보 시집 『광화문 비각 앞에서 사람 기다리기』
2015년 세종도서 문학나눔 우수도서

089 여자영 시집 『지금 이 순간 외엔 따로 길이 없다는 것을 생각한다』
090 조영숙 시집 『자[尺]』
2016년 세종도서 문학나눔 우수도서
091 김일태 시집 『부처고기』
092 이중도 시집 『당신을 통째로 삼킬 것입니다』
093 박이도 시집 『데자뷔 Deja vu』
2016년 세종도서 문학나눔 우수도서
문덕수문학상 수상
094 류영환 시집 『빙하의 꽃』
095 구이람 시집 『꽃들의 화장법』
096 전석홍 시집 『괜찮다 괜찮아』
097 문현미 시집 『깊고 푸른 섬』
2016년 세종도서 문학나눔 우수도서
098 양승준 시집 『뭉게구름에 관한 보고서』
099 임 보 시집 『山上問答-林步의 箴言시집』
2017년 세종도서 문학나눔 우수도서
제6회 녹색문학상 수상시집
100 강인한 시집 『튤립이 보내온 것들』
2017년 시와시학상 시인상 수상시집
101 김후란 시집 『고요함의 그늘에서』
공초문학상 수상
102 김미숙 시집 『니가 곧 하늘이라』
103 윤준경 시집 『시와 연애의 무용론』
104 임지현 시집 『산을 만나 산을 벗다』
105 동시영 시집 『너였는가 나였는가 그리움 인가』
106 임 보 시집 『벽오동 심은 까닭』

시학시인선

001 임 보 시집 『가시연꽃』
002 나태주 시집 『눈부신 속살』
2009년 한국시인협회 수상 시집
003 유자효 시집 『여행의 끝』
2008년 유심작품상 수상 시집
004 류근조 시집 『고운 눈썹은』
005 차옥혜 시집 『위험한 향나무를 버릴 수 없다』
006 김명원 시집 『달빛 손가락』
2008년 시와시학상 젊은시인상 수상 시집
007 최석봉 시집 『사랑한다는 소리는 아름답다』
008 동시영 시집 『낯선 神을 찾아서』
009 김정호 시집 『상처 아닌 꽃은 없다』
010 최상호 시집 『고슴도치 혹은 엔두구 이야기』

011 김미숙 시집 『눈물, 녹슬다』
012 박수화 시집 『물방울의 여행』
013 문현미 시집 『가산리 희망발전소로 오세요』
2008년 박인환문학상 수상 시집
014 오철환 시집 『눈물바위 틈에 꽃이 핀다』
015 윤 효 시집 『햇살 방석』
2008년 영랑시문학상 우수상 수상 시집
016 류영환 시집 『시詩라는 칸타빌레』
017 안영희 시집 『내 마음의 습지』
018 윤상운 시집 『행복한 나뭇잎』
2008년 최계락문학상 수상 시집
019 유자효 시집 『전철을 타고 히말라야를 넘다』
제46회 한국문학상 수상 시집
020 나병춘 시집 『어린왕자의 기억들』
021 정 숙 시집 『바람다비제祭』
2009년 님 시인상 우수상 수상 시집
022 김 경 시집 『누가 바람의 집을 보았는가』
023 김일태 시집 『바코드속 종이달』
2009년 시와시학상 젊은시인상 수상 시집
024 김명수 시집 『여백』
025 류영환 시집 『별똥별 연가戀歌』
026 김정호 시집 『비토섬 그곳에』
027 박준영 시집 『얼짱, 너는 꼬리가 예쁘다』
028 윤범모 시집 『노을 씨氏, 안녕!』
029 소재호 시집 『어둠을 감아 내리는 우레』
030 김용화 시집 『비 내리는 소래포구에서』
031 전석홍 시집 『내 이름과 수작을 걸다』
032 구이람 시집 『그 여자 몇 가마의 쌀 씻어 밥을 지어 왔을까』
033 김복근 시집 『는개, 몸속을 지나가다』
034 최정희 시집 『하늘의 열쇠』
035 박신지 시집 『미필적 고의의 봄날은 간다』
036 김효중 시집 『詩보다 아름다운 꽃 어디 있으랴』
037 김미숙 시집 『탁발승과 야바위꾼』
2010년 시와시학상 젊은시인상 수상 시집
038 김동호 시집 『낙엽이 썩어 암실은 총천연색』
039 정하해 시집 『깜빡』
040 나호열 시집 『눈물이 시킨 일』
제3회 한국문협 서울시문학상 수상 시집
041 윤준경 시집 『새의 습성』
042 구이람 시집 『걷다』
043 조승래 시집 『내 생의 워낭 소리』
044 김 완 시집 『그리운 풍경에는 원근법이 없다』
045 조영숙 시집 『백년 전쟁』

046 류영환 시집 『물방울 성자』
047 여자영 시집 『화엄고요』
만해시인상 우수상 수상 시집
048 박만진 시집 『오이가 예쁘다』
049 김효중 시집 『화살, 그리움을 쏘다』
050 정석교 시집 『꽃비 오시는 날 가슴에 꽃잎 띄우고』
051 이정화 시집 『목조미륵보살반가사유상과 나비』
052 김행숙 시집 『여기는 타관』
이화문학상 수상 시집
053 김소원 시집 『그리운 오늘』
054 최영록 시집 『섬 휘파람새, 산골에 사는 까닭』
055 윤범모 시집 『멀고 먼 해우소』
056 현태리 시집 『판문점에서의 차 한잔』
057 우은숙 시집 『물무늬를 읽다』
058 한계주 시집 『여든이 되어 보렴』
059 장하빈 시집 『까치 낙관』
2012년 시와시학상 동인상 수상 시집
대구시인협회상 수상 시집
060 서경숙 시집 『햇빛의 수인번호』
061 조승래 시집 『타지 않는 점』
062 이진엽 시집 『겨울 카프카』
063 정의홍 시집 『천국아파트』
064 노현숙 시집 『겨울나무 황혼에 서다』
065 이제인 시집 『오늘 내 밥그릇은 무사할까』
제19회 시와시학상 젊은시인상 수상 시집
066 신봉균 시집 『눈물 젖은 돌』
067 김병수 시집 『처음부터 내게 허락되지 않았다』
068 복영미 시집 『우주의 젖이 돈다』
069 김철교 시집 『사랑을 체납한 환쟁이』
070 전미소 시집 『동사무소에 가면 누구나 한평생이 보인다』
071 이중도 시집 『새벽시장』
2014년 세종도서 문학나눔 우수도서
072 권순학 시집 『바탕화면』
2014년 세종도서 문학나눔 우수도서
073 전외숙 시집 『지금 막 꽃물이 밀물지고』
2014년 세종도서 문학나눔 우수도서
074 임봉주 시집 『풀잎은 나부끼고』
075 전소빈 시집 『탱자꽃 하얗게 바람에 날리고』
076 나삼진 시집 『생각의 그물』
2015년 세종도서 문학나눔 우수도서
077 노미원 시집 『Dr. 詩에게』
078 이계열 시집 『그 자리에 놓아두자』
2015년 세종도서 문학나눔 우수도서

079 정정순 시집 『미늘』
2015년 세종도서 문학나눔 우수도서
080 주설자 시집 『가랑잎은 당찬 유목이다』
081 신진순 시집 『세상 붙여쓰기와 사람 띄어쓰기』
082 송현숙 시집 『그 섬에 피다』
083 김이랑 시집 『집으로 돌아와서』
084 김관옥 시집 『집시가 된 물고기』
085 남금희 시집 『맡겨진 선물』
086 황선태 시집 『꽃길의 목소리』
087 이소암 시집 『눈부시다 그 꽃!』
088 송남영 시집 『자작나무의 길게 선 그리움으로』
089 정창원 시집 『나무의 꿈』
090 신봉균 시집 『호두나무 아래에 서서』
091 우기정 시집 『세상은 따뜻하다』
092 신봉균 시집 『이슬 편지』

오늘의서정시

001 윤 효 『얼음새꽃』
002 동시영 『미래사냥』
003 조예린 『꽃같이 가라』
004 정 숙 『불의 눈빛』
005 박수화 『새에게 길을 묻다』
006 김미숙 『산은 사람에게 몸을 기대고』
007 조연향 『오목눈숲새 이야기』
008 이제인 『내 생의 무게를 달다』
009 이 경 『푸른 독』
2007년 유심 작품상 수상기념시집
010 최윤경 『슬픔의 무늬』
011 김초하 『마음의 행로』
012 김이랑 『집을 떠나서』
013 정순옥 『세상의 붉은 것들은 모두 아프다』
014 박준식 『일년 후』
015 박준영 『장안에서 꿈을 꾸다』
016 전석홍 『자운영 논둑길을 걸으며』
017 문정아 『한 줄로 남은 시』
018 홍춘자 『동물서시』
019 서상만 『시간의 사금파리』
020 강고운 『사라진 자전거를 위한 파반느』
021 정혜옥 『돌 속에는 파도가 산다』
022 임봉주 『꽃화살 바람의 춤』

023 심수향『중심』
024 김명희『빈 곳』
025 이계열『유리공』
026 조광현『때론 너무 낯설다』
027 김서누『화이트블랙의 나날』
028 이창호『세상에서 가장 빛나는 거울』
029 이 산『사뜸마을의 샘』
030 허소미『먼 먼나무』
031 박장희『황금 주전자』
샤르트르문학상 수상시집
032 최혜숙『그날이 그날 같은』
033 박일규『절경은 혼자서도 외롭지 않다』
034 곽경효『달의 정원』
035 성백선『분합문』
036 임철재『백제유사』
037 박정식『강촌물의 언어』
038 이중도『통영』
039 박수련『슬픔이 흐르는 강』
040 이소연『봄이 오는 풍경』
041 안윤하『모마에서 게걸음 걷다』
042 이 순『속았다』
043 한상호『아버지 발톱을 깎으며』
044 김진태『눈섬』
045 권정순『화포 소행성』
046 최성철『신의 가마에 불 지피다』

시와시학동인시집

01 시와시학동인일동『변방의 북소리』
02 시와시학동인일동『백지, 흰 어둠을 받쳐 들다』
03 시와시학동인일동『낯선 별의, 바깥』
04 시와시학동인일동『혜화동 건널목』
05 시와시학동인일동『木川行』
06 시와시학동인일동『순장의 재발견』
07 시와시학동인일동『천 년 후 읽고 싶은 편지』
08 시와시학동인일동『팽목항, 벚꽃 엔딩』
09 시와시학동인일동『둥글게 환한 목록들』
10 시와시학동인일동『바다 오르간과 자작나무 피아노』

(이 자료는 2007년부터 2017년 12월 현재까지 자료입니다)

시인 한상호(韓相晧)

강원도 양양 출생

연세대학교 중어중문학과 졸업

월간 『문학세계』, 『시와시학』으로 등단

시집 『아버지 발톱을 깎으며』

금탑산업훈장 수훈

현대엘리베이터 대표이사 역임

현대엘리베이터 부회장(현재)

단풍물들 나이에야 알았다

지은이 | 한상호
펴낸이 | AHN JANE LEE
펴낸곳 | 도서출판 시와시학
1판2쇄 | 2018년 2월 12일
출판등록 | 2016년 4월 11일
등록번호 | 제300-2016호
주소 | 서울 종로구 혜화로 3가길 4(명륜1가)
전화 | 02-744-0110
FAX | 02-3672-2674
값 9,000원

ISBN 979-11-87451-25-9 03810